另外一匹白马也在吃草

张晓民 ◎ 著

浙江工商大学出版社
ZHEJIANG GONGSHANG UNIVERSITY PRESS

图书在版编目(CIP)数据

　　另外一匹白马也在吃草 / 张晓民著. — 杭州：浙
江工商大学出版社，2018.9
　　ISBN 978-7-5178-2900-3

　　Ⅰ．①另… Ⅱ．①张… Ⅲ．①诗集－中国－当代
Ⅳ．①I227

中国版本图书馆CIP数据核字(2018)第180269号

另外一匹白马也在吃草

张晓民　著

责任编辑	唐　红　李相玲
封面设计	小　虫　林朦朦
责任印制	包建辉
出版发行	浙江工商大学出版社
	（杭州市教工路198号　邮政编码310012）
	（E-mail：zjgsupress@163.com）
	（网址：http://www.zjgsupress.com）
	电话：0571-88904980，88831806（传真）
排　　版	杭州彩地电脑图文有限公司
印　　刷	杭州恒力通印务有限公司
开　　本	880mm×1230mm 1/32
印　　张	6.375
字　　数	148千
版 印 次	2018年9月第1版　2018年9月第1次印刷
书　　号	ISBN 978-7-5178-2900-3
定　　价	35.80元

总　序

　　新世纪已经走过了将近20个年头，相较于20世纪80年代和90年代的写作，汉语诗歌取得了稳固的进步。没有了80年代为强化诗歌的主体性与意识形态的激烈对峙，没有了90年代对语言与社会关系无止无休的辨析，新世纪的诗歌发展平稳而信心十足。经过了近40年的洗礼，诗人们普遍开始以平和的心态和深入的体悟，来面对时代的风云变幻。可以说，诗人们经过了朦胧诗和第三代诗歌对个体主体性的确立所付出的艰辛努力，经过了90年代个人化写作所积累的经验和想象力，写作技艺已日臻成熟，而新世纪最初10年的网络书写所开启的无中心性、无权威性的民主状态，再次使得诗歌回到其本然的起点——从个体生命的感知出发，面对对象，尽情展开，不拘一格，汉语诗歌的格局已经有了新的气象。

　　从新时期开始，为了确立自我的主体性，汉语诗歌曾经经历了一段异常艰难的时期。作为对现代性的某种抵抗和否定，现代主义诗歌尽管对辨识现代否定性的意识形态有所帮助，但并未在匡正后者方面取得成功，因为现代信仰体系及其概念已然能够对所有挑战它的行为进行过滤、塑造和转向了。在思想启蒙语境下高扬自我的朦胧诗的主体性便束缚于这种反对立场，无法实现本原性的展开，而主体性恰恰需要以其所对立的对象来定义和界定。其后的第三代诗歌及90年代中前期的个人化写作，再次采取反叛的姿态，对朦胧诗的代言式主体进行解构，试图恢复到日常生活的平面化上来，诉诸人的本能与下意识，解构、欲望和狂欢成为新的关键词，以消解意识形态对潜意识的符号化，可是事实证明，这同时带来的必然是批判精神的丧失。

　　然而，在这种精神自觉的向度趋于式微的情况下，少数重要诗人却在其对写作的先行探索中展开了自己对主体性的特别理解，既不同于朦胧诗以一种意识形态抵抗国家美学的主体性，又不同于其后普遍对狂欢化欲望书写的过度依赖，他们已经开始从单纯的解构走向建构。他们更重视此刻此地，能够从日常经验中发现事物的神秘性，他们更超越、更从容地对待过去，从而能与当下的生活没有阻隔地融合，而获得一种单纯的使偶然完美的能力。就他们而言，对于来自翻译的现代主义和后现代主义技巧的遍历策略与实验，已不是他们之所需，传统与个人经验、词语与物、审美愉悦与道德承担、个人生活与公共世界之间的张力，已不再成为问题和阻碍，而是深入更广大的历史与精神空间的途径。尤其难能可贵的是，在将幻觉的启示、超验或抽象的动力注入经验的结构之时，诗人们往往对统一和总体化怀有清醒的自我意识，一种自我质疑的气质抵抗着从可见向不可见的过渡升华，而这样的自我意识，不但是文学，也是人格成熟的重要标志。对语言的社会力量和自我的建构性的重视，使得诗歌超出了以往简单的个人经验的塑造，从此，汉语诗歌开始真正走向建设性的成熟。

　　诗学理念的最高体现就在于诗歌文本本身，这也是本文库冠以"诗与诗学"之名的一个起因，同时也保留了某种开放性与可拓展性。文库集中收录沉潜于文本建设、秉承独立美学立场、精神取向高洁、人本与文本高度统一的优秀诗人的个人诗集和诗评家的诗学专著，凸显诗人们的综合实力与造诣，树立沉凝、高雅、大气的艺术形象。

马永波

目 录

第二辑 春天的热电厂

第三辑 午夜里一只倾倒的蓝色药水瓶

第四辑 在去马牙沟的乡村公路上

第五辑 火车与蝴蝶已经连成一片

第六辑　另外一匹白马也在吃草

第一辑

玉米地里的一座小房子

阿尔卑斯山的雪兔

在阿尔卑斯山北坡

金雕是这里的王者

而雪兔却是我期待已久的

女王　它雪山飞狐的

皮毛　红宝石一样的眼球

让我的思念变为一种疾病

让冷凝的崖壁发出

蔚蓝的光芒……

忽然想起翠湖

忽然想起翠湖
在一个寒冷的
飘着小细雪的冬夜
想起翠湖的那些花花绿绿的鱼
（观赏鱼、锦鲤之类）
2015年夏天
我独自一人在翠湖转了
整整一个上午　我想我应该
写点什么　但那天
我首先想起的是诗人何小竹
我记得他在翠湖写了好几首
我无比喜欢的诗
而我在翠湖　却只看到了
这些花花绿绿的鱼

谦卑的嘴唇
——致马永波

整整一个下午
我躺在一张破旧的沙发上
读着马永波的《树篱上的雪》
读着他的《我的博尔赫斯》
阿什贝利的自画像　谦卑的嘴唇
反射出篝火一样的光芒
我喜欢永波　喜欢他的文字
以及他纯净而又纯粹的眼神
像喜欢秋天蔚蓝的天空中
飘逸的云朵　羽毛的伤痕

风雪夜归人

鞭子一样的雪
抽打着我的脸
还有我的眼睫毛
我都看不见路了
（尽管有路灯、车灯）
它们还在一个劲地抽
像打麻将的人抽烟似的
那么使劲地抽
不见柴门也没闻犬吠
但鞭子一样的大雪
还是活生生地把我
抽成了一个
风雪夜归人

那一小绺被风吹起的头发

我不知道
那天下午的一股小风儿
还能吹上多久
站在一座古城堡的城头之上
我伟信兄那一小绺
被风吹起的头发　真的很像
一叶风雨飘摇的小舟……

花雨一样盛开的女人

像花雨一样盛开的女人
至今我们

还天各一方　但你的香气
和你的涓涓细流

却犹如松花江上的晨雾
扑朔迷离　四处飘荡

花雨一样盛开的女人
我们相约在繁花似锦的四月

各自写一首诗
但我们说好了

我们的诗不能涉及
忧伤　瓦片　和死亡

当然也不要涉猎爱情
和这个春天的鸟语花香

玉米地里的一座小房子

走到近前　我才发现

这是一所空房子　夏天经过

这里的时候　我看见它的周围

是一片玉米地　冬天它的四周

是一片荒芜的雪　破败的院落

和一圈古老的榆木栅栏　预示着

房屋的主人早已离家出走　我望着

半遮半掩的房门　和房前屋后

不断鸣叫的乌鸦　不知道自己是该

深入其中　还是落荒而逃

赞美之词

躺在沙发上
借助早上清新的晨光

我在读一个素不相识的女人
写的诗

她写了梨花、河流、母亲
也还写了乌鸦

但她更多的语词
尽是赞美　她的赞美诗

几乎像火山喷出的岩浆
瞬间把我融化……

拿玻璃的人

拿玻璃的人
走在荒无人烟的大街上

拿玻璃的人
已无法看清人世间的伤痛

他只知道自己在玻璃之外
却浑然不知

自己也在玻璃之中

一脉相承的雪

翻来覆去地念叨春天
梨树　花朵　还有雪

我们同在一棵花椒树下
长大　长大之后还要

接着长大　长到你无法
看清我隐秘之处的花纹

脉络　还有一针见血的
疼痛　还有一脉相承的雪

的确非常可爱

三月　一场大雪过后
远望山峦　或直视河谷

依然是一望无际的浩渺　洁白
此刻　下午　我刚读过

诗人于坚的《建水笔记》
无从奢望什么暗香盈袖

贵妃醉酒　但阳光却真的
像你刚刚走出华清池的玉体

细腻　温婉　鲜嫩　而又明亮
但我真的不是什么古代的帝王

你也不是那个刚刚出水的"玉环"
我们只是刚刚相识的网友

你说　你叫"贵妃醉酒"
我说我是一片空白　你养了

一只小猫取名公主　我正在
写作汉语诗歌

但在你的相册里，我看见
你抱着"公主"的样子

的确非常可爱……

穿梭之客

我每天都在路上
都在殡葬车和运钞车之间
来回穿梭　等有一天我穿不动了
就穿到殡葬车上
做一名听话的乘客

黑暗的水果

那在黑暗中一点点
变黑的水果　是我日渐
麻木的手指
它在黑暗中适应一种抚摸
却不能在慌乱中
适应一种温柔

唐水先生

他给我提了五天的水
我付他钱了　一开始
他说不要　后来我给他烟
他也抽了　贴瓷砖的人说
那几天吉林总下雨
因此我想　唐水先生提的水
有不少应该来自天上

苹果梨

这种水果
盛产于吉林延边
外表不是很美
皮肤不光滑　也不细腻
但咬开一口　里面的果肉
却比较洁白　细嫩
最主要就是水多
吃着水灵……

梦见小红的私人幽会

我梦见你与别人
幽会去了　那天下午我的手机没电了
我用你妈的手机（老年机）

给你打电话　你说　咱俩就这样吧
走一天算一天吧！在说这一番话的
时候　我记得我是在一辆出租车上

这时我才注意到开车的竟然是一个女司机
她胖乎乎的　挺丰满　也挺可爱　她像在
自言自语地说　如今这年轻人可都咋整呢

就在这时我忽然发现她的小眼睛很迷人
也很勾魂……她的出租车也突然变成了
一辆自行车　我坐在她的后座上

我的下巴正好抵在她丰硕而又洁白的
后臀之上　刚好赶上下坡　我两手抱着
她的腰　下巴就这么一直抵着

她的后臀　她呵呵呵地笑着
她说　你能不这样吗
我都受不了了……

想象青青的少女时代

我不敢想得太多
你的皮肤你的长发
你的前凸后翘至今还是那么
韵味十足　风韵犹存
青青　我只是要想象一下
你的眼睛怎么还是
那么深邃　明亮　像我小时候
弹的溜溜　玻璃一样的心
至今没有沾染世俗的
尘埃……

安　插

我想在我卧室的一角
安插一只蜘蛛　这么雪白的

墙上　如果没有一只黑色的蜘蛛
安插进来　墙　窗帘　吸顶灯

以及卧室里所有的一切
就会显得气血两亏　苍白无力

如同许多年以前　法国人杜尚
安插在现代艺术中的《泉》

至今我们还能够听到　那水流
缠缠绵绵的声音　不绝于耳

就不给你看

我给你写了一首诗
在诗里　我写道　我不相信
你是一眼人间的清泉

我说你净吹牛　哪有那么多
独一无二　清可见底的清泉
你急着要看——你几乎是在

央求我　你说："你就给我吧。"

但我就不给你看
因为　我实在是喜欢你那着急

想要的样子
简直比一只失恋的小鸟
还要可怜……

有时你就得让自己慢下来

有时　我想让自己的血
慢一点儿流动　像在山坡上

吃草的羊　慢慢一口一棵地吃
别慌里慌张　上气不接下气

有什么呀！不就是很嫩很绿的
一棵草吗！不就是开车　喝汤

和写诗吗！我要尽可能地压制自己
不要让夏天的雨水　和我的手指

过于激动　不要让我的身体
那么轻易地就被一片草叶

划伤　被漫天飘舞的雪点燃

长春地铁一号线

从长春火车站出发
经过胜利公园
人民广场　东北师范大学……

我和小红　第一次乘坐
长春地铁一号线

从工农广场A出口走出
地铁车站　天空中忽然
飘起了细细的小雪

在科学会堂省作家协会的
九楼十楼我分别看望了
文学院马院长　创联部凤鸣兄
和《作家》主编宗老师

这期间小红一直
在走廊里等着　她说

我又不写诗　见他们
也不知道说啥好

第二辑

春天的热电厂

叛逆者

那被切割的部分
是我左手大拇指尖上的
一块小肉肉

我拍了照片发到朋友圈里
很多人看到了都为我喊痛
但最疼的还是

我右手大拇指尖上的
相同部位　说什么都没用
真正的惺惺相惜者

一定与爱相连
与诗有关　正如我阿未兄弟说的
它也许还是一个叛逆者

它既然已经背叛了我
就一定要把它从我的生命中
剥离出来

让它像苍茫飘舞的雪花一样
融入日渐僵硬的时间
或细小的尘埃之中

有关祖父的墓地

这块墓地是他自己选的
他不止一次地告诉我父亲

我死了　你们就把我埋在这里
小时候　祖父用一个冬天装冻梨的

花筐挑着我　另一边挑着
他刨地用的洋镐和铁锹

他不停地在这块据说是
打过仗的小山包上刨呀刨——

我记得那时应该是春天的
午后　山冈上的橡树已经长满了

黑乎乎的树叶　我在祖父旁边的
草丛中无忧无虑地玩耍　黑蝴蝶

和一大群若隐若现的鸟影
至今还在我的记忆中飘荡

我们基本上都是红色的鸟儿

下半夜
我在手机上打了很多汉字
其实那时候我正在想你

那时候我的眼睛还算明亮
眼角处　似乎还残留着一丝
微弱的泪光

那密密麻麻的汉字
与秋天的山岗上四处觅食的蚂蚁
极其相似　我知道

此刻窗外的小雨一直在下
过一会儿　也许还会接着下一点儿
小雪　也说不准

我已经习惯在这样的时光
与你一同陷入往事　说白了
我们的内心和外套　基本上都是红色的

如同清一色的新疆和田大枣
或清一色的宁夏枸杞
我知道这个比喻有点不太妥帖

但我总是固执地认为　无论遇见
什么样的鬼天气　我们的内心和外套
永远都是红色的

永远都不会在寒风中
瑟瑟发抖……

天使的歌唱

听你唱歌的日子
已经成为过往　小护士飘逸的
身影　如同一束雨后的百合
与你们在一列绿皮火车里相识
我们同饮一江之水　你说你们在铁路医院
上班　那天　不怎么会唱歌的我们
竟然陪伴你们唱完了一首《新鸳鸯蝴蝶梦》
——"爱情"两个字好辛苦
后来　我们约好了一起从省城
返回这座城市
当晚　在北极街的清真大排档里
我们一起喝啤酒　吃扒羊脸　和手把羊蹄
吃着吃着　喝着喝着　我们浑身上下
竟浑然不觉地散发出一种青草
被收割后的新鲜味道……

偏　方

楼上退休的耿老师
给我妻子老金一个治疗前列腺
肥大增生的偏方

很简单的一味中药——锁阳泡酒
泡那种很廉价的纯粮小烧
这样我年近八旬的老父亲又开始

喝上了阔别二十多年的白酒
（一九九四年我父亲因酒精中毒患神经分裂症
已经与白酒绝交）

这下可好了　我年迈的父亲
立马像年轻了二十几岁　每天中午
晚上一顿小白酒

前列腺也治愈了　不起夜啦
每天中午我妻子老金给父亲倒酒
晚上我下班回家　陪老父亲把酒言欢

他喝他的药酒　我喝我的散白

只是早晨不喝　但每天早上我在打扫

房间的时候　经常能够听见父亲

躺在床上跷着二郎腿哼哼唧唧地

唱着一种我们根本听不出什么路数的

小曲小调……

在世贸万锦三十八楼
看这座城市的夜色

瑞田从北京回来

阿强因政府错判无罪获释

十八年监狱　十八年斗转星移

阿强几乎没变　只是原本略秃的

脑袋上　又被岁月夺去了几根发丝

我们三个人叫了一瓶泸州老窖

瑞田要的下酒菜略显高档

他们两个喝白酒　我因为开车

只能喝水　喝可口可乐　这时天色已晚

他们不约而同地陷入

深深的往事……在世贸万锦三十八楼

看这座城市忽明忽暗的夜色

不免有些令人伤感
此刻　在这座城市至高无上的
玻璃窗前　想一想生命　时光

以及爱情这样的语词
对于我们来讲已是多么的
弥足珍贵……

阿尔的麦田

你让我再一次想起
十九世纪末的荷兰　想起法国人德加
与塞尚

想起十月的阿尔　以及在金黄的
麦田里　肆意挥霍阳光与色彩的
凡·高

我是中国的东北人　从小到大
就没有看见过真正的麦田　和一些
色彩斑斓的鸟儿　直到有一天

看见忧伤的凡·高
亲手割下自己的半只耳朵
我才恍然大悟　我所爱的诗歌

梦幻中的玻璃　以及我一生的流浪
再也无法穿越那片
阿尔的麦田……

玉叶飘香的女人

一个在网上卖男装的
名叫玉叶飘香的陌生女人

在一个不断飘着细雨的夏夜
悄无声息地关注了我的博客

关注了我的诗歌
一个小女人　或许她根本

就不喜欢诗　她只是想给
自己的博客增加一丝人气

争取一些商机　像一只觅食的
老鼠　无意间窜入了我的诗歌领地

——我的白雪城堡
但尽管如此　我也还是比较激动

并因此在这飘着细雨的午夜
多喝了一瓶雪花飘舞的啤酒

持有三把左轮手枪的女人

持有三把左轮手枪的女人
你该在一个春天桃花盛开的地方

把你的枪口对准一个鸟人
对准一片洁白的羽毛　或直接

指向一个正在写诗的老者
因为那个老者一边写诗　一边

偷看你的左轮手枪　和你丰满
如云的乳房——你该果断地

扣动扳机　让他在不知不觉中
葬身在一片花海之中　让他的尸体

和他没有写完的诗歌充满
一生一世的芳香……

阴　影

我无法找到那些昔日的橡树
或有关橡树　椴树　乃至一些其他
针叶林树木低矮的身影

我和父亲都是一个完整的失败者
我儿子张小楠也是
至少我们都没能保护好这样一片

茂密　昌盛的树林
现在　我的爷爷奶奶双双埋葬在
这一处光秃秃的山岗上

一年四季　他们能够拥有充足的阳光
和每年都纷至沓来的季风　四处
飘舞的雪　却不能在一个无比炎热的

夏天　坐拥一片肆意流淌的树荫
或炊烟一样洁白　静谧
而又虚无缥缈的鸟语……

子涵的亲吻

我孙子张子涵
今年就要上小学一年级了
这孩子和谁都不亲

他姥姥姥爷　他爷爷我
甚至他亲爹张小楠碰一下
他的小手　他都不让

但就他老么咔哧眼的
奶奶　咋地都行
有时他还当着我的面

亲吻他奶奶的额头　脸蛋
我在一边看着多少有点儿
羡慕嫉妒恨

于是我就故意地说
那么一张老么咔哧眼的脸
你总亲它干啥

当我每一次这样说

他奶奶的时候　我大孙子

张子涵就像一只非洲

草原上的猎狗

露出一张狰狞的面孔

向我嗷嗷直叫……

去年夏天的火烈鸟

我喜欢宁静
有时也喜欢嘈杂

哦，想一想
这与火烈鸟的爱情似乎有关

比如去年夏天
在芭提雅的海滨浴场

我看见那些赤裸的
洁白肌肤　像格拉斯的铁皮鼓

正在击打着远方的海浪
哦，想一想去年夏天的

火烈鸟　我就想带着少女阿金
返回故乡　返回阔别已久的

小镇三河湾　在小河边的
密林中痛哭一场……

小 站

日本人修造关东铁路时
修建的这座火车站　黄色的
石头建筑　站舍　和候车室

还有隐蔽在其中的碉堡　机枪眼
所有这一切都埋藏着北海道
忧伤的伤痛与寂静

一九八三年秋天　金黄的杨树的
叶片　铺满了站台上的卵石地面
一辆蒸汽时代的绿皮火车

冒着黑白相间的浓烟　停在了
这座小站　我天真得像
诗人歌德笔下的一个无知少年

趴在小站白色的水泥栅栏之上
目送着我最初的初恋———一个
我刚刚认识的女孩赵金红

像一场大雪过后的炊烟
悄然无声地
离开了我泪光点点的视线

这几天的飞机

这几天的飞机
总在天空中盘旋

不知道这是一种什么飞机
但好像不是民航客机

也不是那种飞得很快的
歼击机　但它一直飞得很低

很大的两只翅膀　四个不断
旋转的巨大引擎　嗡嗡嗡的

像二十世纪八十年代的
超低空飞行主义诗人

在做超低空飞行试验

春天的热电厂

我刚说到春天
就有敲门声光顾寒舍

父亲去楼下的超市
买回来一些日用品　还有

一些他爱吃的皮冻　苹果
每天都在抽的低档"黄鹤楼"

从龙嘉机场回来的路上
我看见一座春天的热电厂

一个巨大的水泥罐
和两根高大的烟囱　冒着

白雪一样雪白的浓烟
我把车停在路边　随手拍了

几幅照片　发在朋友圈里
很快就赢得了众多人点赞

这时我在想　还真挺好
在送兰州客人回来的路上

不小心竟然还遇见了一座
春天的热电厂

纯粹的部分

还不到两岁的孙儿
还不曾领会爸爸妈妈　以及爷爷奶奶
这些称呼的真正意味

但每一次看见我　他都会把他的小手
举过头顶　用他还略显稚嫩的语音
说出：爷爷好　爷爷拜

每当这时　我内心之中的感恩
与激动　真的是无法形容　无以言表
刚刚学会说话的孙儿　还不明白这个

世界　还经常发生那么多突然而至的
疼痛与苦难　还总有一些扫不完的
阴影和尘埃　但当他语词还不十分

准确地一声声叫我"爷爷好　爷爷拜"
却让我再一次相信这个世界
以及我无比热爱的诗歌　仍然还有

很多纯净　纯粹的部分……

怀念土豆

我觉得你还是应该多吃
一点儿土豆　这样你就可以
无所顾忌地坐在我的身边

看我在阳光下　怎样抚平一群
蝴蝶的忧伤　鸟雀的哀鸣
时光像四月的飞雪　飞逝飘落

你曾不止一次地和我说过
我们的童年几乎就是一张白纸
上面　除了偶尔飘过一些细小的

尘埃　蚂蚁与草叶
根本就找不到一件现实中的
玩具　和梦幻中的蝌蚪

只有那些大小不一的土豆
与我们朝夕相伴　形影不离
并让我们——在很多疾恶如仇的

夜晚　都能为各自的内心
找到一些温暖的记忆
柔软的思念……

想吃牛肉的女人

再躺那么一小会儿
天就要亮了……我的床边
总有一只蛐蛐在叫

那匀称的叫声
像极了一个少女的梦呓
我小心翼翼地与自己的鼻息

交流这个夏天的厨艺
你不止一次地告诉我
该去黎明的早市

买一些上好的牛肉
你说　很久没有吃到我酱过的
牛肉了　感觉自己浑身没劲儿

目光迷茫　还偶尔伴有头痛
发热　该流血的地方没血
想流泪的时候无泪……

不想和你们说出我
内心之中的疼痛

有时是我身体里的
某一块骨头　更多的时候
是我内心之中的抑郁　和疼痛

它们多半像一场虚无缥缈的大雪
一年四季积压在我皮肤的深处
内心之中的草原　与村庄

它们洁白　苍茫　而又鲜为人知
我不想和你们说出　这其中包括
我的母亲　以及我至亲至爱的小红

五月刚刚萌芽的花虫绿草
梦幻中的蚂蚁　雨林中的蝴蝶
不想让她们触摸到这一片不住颤抖的

羽毛　与阴影
我只想自己抚摸　在一个个不断
梦醒的午夜时分　像抚摸一块和田之玉

或一件五彩绸衣的细软之处
我要让它们在我的手指之间
变得　越来越柔软　越来越光滑

慢慢地　还能发出一丝微弱的声音
或一些细小的光芒……

站在马路中间的疯女人

有好几次
我开车经过深圳东路
都能看见她披头散发

站在马路中间
她似乎想要说什么
嘴里念念有词　手舞足蹈

她似乎很年轻　也很美丽……
不知道这是谁的女人
——谁家的女儿

但不管怎么去想
我也不敢
把她想象为我的情人

月亮之上

一看到月亮
我就会想到月亮之上

——月亮之上
一定有一座城堡

连同七颗美丽的
星辰　一定会有一个俗世的

美人　为我抚琴流泪
吟咏古代的忧伤

第三辑

午夜里一只倾倒的蓝色药水瓶

在畹町

在畹町　我住在一所名叫
鸟语的宾馆
——一座有点儿像洋娃娃一样的

三层黄色小楼
背后是一座不高的山　推窗而望
对面的不远处是缅甸

有些略高一点儿的山
和我一起住在这里的那个女人
年龄要比我小上许多

她蹦蹦跳跳　小鸟依人的样子
跟这座宾馆的建筑风格有些相似
只是她平时总爱穿着一件红色的

短裙　我叫她红儿的时候
她的眉宇之间　有时还能跳出
一朵蓝色的火焰……

我想在云南找一处
安身立脚的地方

我想在云南找一处
安身立脚的地方　　那地方一定
不会很大　　不会有太多的人声鼎沸

车水马龙　　更不会有什么
错综复杂的恩怨情仇　　明枪暗箭
甚至连现代通信的信号也不是很好

经常性地时断时续
或若有若无　　像我年轻时的爱恋
总是那么的青葱稚嫩　　纷乱无绪……

有时泥泞得你都不知道
从哪儿落脚　　以至于后来很多的
故友　　亲情　　也只能是

亲情故友了　　他们更多地会以为
我已在这个世界销声匿迹　　撒手人寰
但其实我还活着……清晨醒来

我依然能够听到一些不知名字的
鸟儿的鸣叫　和溪流潺潺的呓语
推窗望去　也总能看到那些白鹭

成群结队地
飞过边陲小镇绵延起伏的山脉之上
有些瓦蓝如梦的天空

现　场

我已在睡梦中醒来
车祸现场　已经被雪覆盖
房间里埋葬的假牙

冒着像是芦苇燃烧过后
飘出的白烟……
我揉一揉还有些僵硬的眼皮

翻弄着　尚有一些余温的
梦的碎片　苍白的时间擦拭着
窗外偶尔掠过天空的鸟鸣

过往的一切　已经无法复制
——现场　肯定还在
我不小心遗失在一场风雪之中的

草帽与纽扣
想必早已随风飘远

午夜里一只倾倒的蓝色药水瓶

午夜里
一只像天空里的鸟儿一样好看的
蓝色药水瓶　被我不小心

打翻在地
——红色的药水洒在乳白色的
地板上　这时

我已不知所措　很久以来
我的身上　尤其是大腿根部内侧的
两片皮肤　还有我的

脚趾之间　指甲深处
总是隐藏着很多细小的病毒和真菌
它们让我疼痛　有时还奇痒

无比　我买来的这只蓝色的药水瓶
据说里面红色的药水　能够抑制
我的病痛和伤心……但此刻

蓝色的药水瓶
已经被我打翻在地　我可怜的皮肤
和脚趾　似乎已在劫难逃　不可救药……

原创诗歌

刘美丽把我按在床上的
时候　军械库里的音乐会
还在照常进行

画画和跳舞的人
陆续离开了即将被洪水
淹没的岛屿

最后剩下一个诗人
发疯似的非要在肆虐如兽的
洪水中

朗诵他刚刚创作的
一首诗歌

一直向远方延伸的黑洞

我的一颗假牙
被我不小心遗失在

一座荒岛上了
从此　我口腔内的一个黑洞

一直向远方延伸着
它的深度与黑暗

足以容纳人世间
那些大小不一的蝙蝠

以及至今还在水深火热中
奔跑的鱼群

罐装啤酒

艺术
一旦奢侈与光滑

就不该把它们挂在墙上
或摆到无比嘈杂的

人世间的餐台
这正如婴儿车后座上的

灌装啤酒——这时
我们已经不难发现

无限颠簸　歪斜的
不仅仅是婴儿车

还有罐装啤酒的
夏日疯狂

忽然感觉到无比孤单

忽然感觉到孤单
像孤单本身一样　难以触摸
孤立无援

那时候　天上的水
和地上的水　仿佛人间的欢爱
已悄然融为一体

——中秋之夜
我在小镇三河湾一座已无人居住的
院落里（我家的老宅）

想起母亲临别时的容颜
苍白　平静　孤单而又无奈
这时　忽然就有一条孤立无助的水流

流过我的手指
流经我浑身上下每一块
洁白的骨头　此刻我已不敢

抬头望月　此刻我已毛骨悚然
此刻　我忽然感觉到自己
无比孤单……

我总是不小心弄伤自己

我总是不小心弄伤自己
我经常性游离于时间之外

——梦幻的沼泽
在午夜时分变得饥饿难耐

让日渐老化的牙齿
露出无比狰狞的面孔　让燃烧的水

浇在我的皮肤之上　让冰凉的
钢管　或一小块黑暗的石头

穿越我的骨肉之间
红色的血　像白色的雪花一样

飞抵人间　我无言以对
面对死亡有些凄凉的眼神

我总是显得束手无策　慌乱不堪
并总是一次次不小心弄伤自己

那天下午的阳光

那天下午的阳光
总是照在颜雪的脸上

颜雪喜欢诗
还有一个极富诗意的名字

前几天她约了一群写诗的
疯子　去她正在打造的

一个名叫二合的雪乡看雪
而十月刚过　二合的雪

还没落下来　二合的女人
还在扒着自家的玉米

看不见雪　他们就无所顾忌地
放纵　肆无忌惮地品酒论诗

而那天下午的阳光格外耀眼
——那天下午的阳光

总是那么无所顾忌地
照在颜雪的脸上

这几天在营口

据说大辽河北岸
有很大一片茂盛的芦苇
但此时我却什么

都看不见　哪怕是芦苇荡上空
偶尔飞过蓝天的鸟儿
这几天在营口

我和瑞田　及翟羽徒步走了
几个往返的大辽河南岸
有一次在细雨中漫步还遇见了

一个捕鱼的老者
他捕到的小鱼小虾像极了
我这些年辛勤写作的诗歌　根本

摆不到现代汉诗的餐桌
——现在是六月
芦苇荡还处在懵懂的青春期

它们只知道生长　不知道摇荡
像我这几天在营口　不曾遇见一只
足以令我心动的蓝蜻蜓

聆听午夜伴有雷鸣的雨声

我与生俱来喜欢赤裸
喜欢在赤裸的时候还能
抱紧点儿什么　一条洁白而又绵软的

蚕丝被　或一只黑蝴蝶掠过
花丛中的身影——我在午夜醒来
从一张床转移到另一张布艺沙发的

一角
聆听午夜伴有雷鸣的雨声
穿过时间的尘埃　梦幻的羽毛

穿过我皮肤之上细小的汗珠
点燃我浑身上下每一块洁白的骨头
像点燃一盏盏祭祀的神灯……

——我在午夜醒来　从一张床
到另一张床　我常常想起
花雨和花枪……

诗人的悲哀

奶奶说下雨了
七岁的小孙子像一只热带
雨林里的长尾猴

嗖的一声爬上了七楼我家的
窗台　他一边用他的小手
指着窗外　一边像是在指责

奶奶似的自言自语
这哪儿下雨了　这七里八沟的
哪有雨呀

听着小孙子这天真的
期盼与责问　我真的感到自己老了

感到诗人这顶破草帽
已经离我越来越远

恰巧有一小股海风吹过来

我闭着眼睛　听着他们
大声地谈论诗歌　爱情与海水
他们似乎在压低自己的嗓音

但说话的语气却像是在穿越一场迷雾
是的　他们总想穿越一些什么
总想让更多的人看清自己的羽毛碎片

皮肤深处的伤口
欢爱时流淌在月光中的呻吟　和血迹
这样一群来自天南海北的男人女人

集聚在一座海边的房子里是非常可怕的
我闭着眼睛这样想着　此刻
恰巧有一小股海风吹过来　它吹得

我不得不睁开眼睛看一看这些写诗的
男人女人　他们内心之中的水
还真的与这一小股蔚蓝的海风

极其相似　虚无缥缈　咸涩撩人

鸟 群

1

最终我们都要飞起来

展开自己斑斓　蒙尘的羽翼

像梦一样虚无

像影子一样　稍纵即逝

鸟飞之处　风起云涌

落叶与春天的唇语合二为一

雨过天晴　虹影四溅

我们湿润的羽毛　不再洁白

不再与雪共舞

与冬天的火焰为敌

2

我说过了

肯定不是你自己　不止你一人

你飞起来　你的周围就会飞起

一群鸟儿

你的卧室　就会飞起刀片
你的内心　就会飞起一片
明亮的尘埃……

3

我想在水一方
与你遥相厮守
我想在一个月光迷离的
夜晚
你能脱下那件世俗的裙裾
这样　我们也好说点儿什么
或者直接打碎一块黑暗中的玻璃
我知道　在遇见你之前
我们的巢穴就已经支离破碎
而我们的周围
仍然鸟语泛滥　花香四溢……

4

这下好了
花都开啦……

是谁把水边的鸟儿和天空的鸟儿
集聚到一起　把那些
翩翩起舞的蝴蝶编织成一面
春天的旗帜
花都开啦……那被花香覆盖的
水流　注定要穿过四月的村庄
穿过石头　苔藓　和那些萌动着
爱意的水草……

5

就是因为你比我
小了许多
你就可以肆意地啄食我的
皮肤　汗毛　眼睑下的阴影
诗歌中的语词
和我撒娇　撒野
在我的卧室　床头　和那些
有雨有雪飘落的不眠之夜
用你柔软而又洁白的
羽毛……开启我的双唇

第三辑　午夜里一只倾倒的蓝色药水瓶

点燃那些在我体内沉睡已久的
骨头与河流　并一再逼问
让我一生一世爱你
无怨无悔　不离不弃

6

你这鸟人　为何这样无礼
你这皮肤　为何这样迷人
你这巢穴　为何这样温暖
你这儿女　为何这样美丽

7

我在前世就该被你俘获
就该为你俯首帖耳　手下称臣
在你羽翼的覆盖　抚摸之下
做一个忠实的奴仆
幻想你能在一座蓝色的湖边
为我筑巢　生儿育女
我在你和你的儿女之间

细心耕作　勤俭持家　偶尔喝酒
吃一些粗茶淡饭　听你歌唱
为你写诗
一年四季吮吸着你体内
不断飘出的语词和香气……

8

多少次
多少个月光明亮　扑朔迷离的
夜晚　我像一条鱼一样地
游进你干净如雪的身体
又像一只鸟儿一样地飞离一座
无人的村庄　一片草丛　以及
一片春水泛滥的溪流
和沼泽……我的躯体
我的呼吸　也许不是
因你而生　但却可能
因你而死……

9

我知道我与生俱来的

苦难　与雪有关　与鸟群

飞过天空的划痕　一脉相承

骨肉相连——我是这样的

不可思量　无所顾忌

一直以来　我不断地检点着

自己的手指　和人类的池塘

究竟深藏多少不可告人的

罪恶　和秘密

我期待自己　也期望着你们

在某一个不为人知的黄昏

或夜晚　像打碎一只杯子一样地

打碎自己——我看见那些

玻璃的碎片　如同看见自己

一生的前缘与尘埃……

10

我出生的这片土地

有我无比热爱的亲人　粮食

树种　和一群又一群飞翔

或落在水边的鸟儿

我爱它们　像爱我自己的骨头

血液　和泪水　它们的每一次

滴落与流失　死亡与重生

都会给我带来伤痛与迷惑

就像我写作的诗歌　一生

都离不开羽毛　或雪

像白云一样飘荡

最早我喜欢白盒红梅
后来又喜欢黄盒红梅

再后来我开始喜欢
上海的红盒牡丹　黄盒凤凰

这些美丽的香烟　都曾给我
留下美好的回忆　但只有上海

黄凤凰的香味与香气
至今还在我的毛发之间

像白云一样飘荡

赤裸的想象

如果能赤裸着
或几乎是赤裸地躺在
一张柔软的床上

午夜里一张布艺
沙发的一角　一片白色海滩的
阴影之中　或一片从未

被人涉足的雪原
——一个我深爱的女人
无比温暖的怀抱……

那时　我一定不知道
自己该说什么　一定会
自然而然地闭上眼睛

然后　制造一种假象
假装自己睡了　间或还会
说出一两句梦话……

小　白

为了不让更多的人
知道你　我开始叫你小白

其实　即便这样
你也未必属于我

关键是现在写诗的人
太多了　我能叫你小白

没准就会有人叫你
小白兔　或小白兔子

但我叫你小白
只是感觉小白真的很白

小白的确非常可爱

在密林深处遇见一只鸟儿

我真的叫不出
那是一只什么鸟儿

不知道它的羽毛
为什么如此光亮

如此鲜艳——它在
一棵很大的树上

跳来跳去
却没有发出一声

鸟儿的鸣叫
这是英雄杨靖宇

曾经藏身的密林
一群写诗的人

非要来此寻找英雄的
足迹　和英雄的声音

这些年来
我一直感觉自己

是一个平庸之辈
诗写得不好　也从来

没有想当英雄的
愿望　但让我出乎意料的是

——在这密林深处
我怎么就会遇见一只

我叫不出
什么名字的鸟儿

第四辑

在去马牙沟的乡村公路上

妖女成精

我决定离开
那间阴暗　而又阴冷的房间
向南　或者向北

找寻我一直没有
显露白骨的身影……我不断
呵护的芦苇　虫草

还有一条
总在夏天瑟瑟发抖的项链
它们有时温馨　有时甜蜜

一如我和父亲
每天早晨都要饮用的两杯
蜂蜜之水　这多么像我曾经

爱过的女人　有时
我喜欢把她们比作一片片羽毛
也有时　把她们想象为

一群夏天的蝴蝶　而最终的
妖女成精……才是我的一生所爱
才会让我倾其所有　面目全非

如此让我心动的雪

从早晨开始
就那么一直地下
下不完地下　没完没了地下

——如此让我
心动的雪　让我不忍心
走在越积越深的雪中

让我一看见这样的雪
就不想让我的脚涉足太深
我感到非常害怕

像害怕一只春天的
蝴蝶　会突然溺水而亡
我害怕这样的雪

在我的面前　在我脚下
一点一点融化……

大　理

蝴蝶泉早已干涸了
金花的影子也像天边的
云朵　不知去向

在大理　我没有遇见
一个会写诗的女孩
但苍山洱海还在

一个女出租车司机
把我们拉到她姐姐家开的
假日旅馆

在她姐姐家我们
一共住了两个晚上　第二天
坐缆车去了一趟

苍山的天龙洞　顶着小雨
在洱海划了一下午的
小船——两天

一共吃了一顿川菜
和另外一顿川菜
外加两顿白族的早餐

融入一条被雪覆盖的河流

每一次看见落雪
我就会想起河流
想起午夜　或一个宁静的午后

一条被雪覆盖的河流
它经常穿过我皮肤上面的毛发
梦境　以及语词之间的蚁群

和虫卵　让我一看见这清澈的水
就想要潜入　抚摸　吸吮
就想把我的整个身体一股脑地

融入这有些冰冷的水流
至于我是否会因此不寒而栗
或瑟瑟发抖　我似乎根本就不曾想起

就像这洁白的雪最终也要融化为水
我何以不能静静地融入一条
被雪覆盖的河流……

谜

我约诗人得儿喝
过年来吉林待几天
我知道他在长春的
妹妹家里
听说他在韩国打工的女人
已经与他失联一年了
像失联的马航客机
是一个令人
难以捉摸的谜

牡丹江的雪

在开往哈尔滨的火车上
看牡丹江的雪
——此刻　火车正穿行于

漫无边际的林海雪原之中
这里据说叫尚志　我对面的女孩
在这座小城

开了一家品牌连锁的
时装店　我们一边唠着家常
一边嗑着也许是去年收获的瓜子

硬座车厢里的暖气一直很热
这时　　我忽然想到了诗人沈浩波
（而不是桑克　张曙光）

想起了他写的《一把好乳》
再怎么洁白　丰满　也赶不上车窗外面
肆意飘舞　烟尘四起的雪……

火车开得很快　这些比乳房还要

洁白　鲜嫩的雪　它们的确

是在飘舞着　但也好像是一片片

死亡的羽毛

在掩埋我　和我对面那个美丽

并即将陌路的女孩

偶尔伴有浑身发痒……

我刚听到的消息
我大妹夫的二姐刘影得了乳腺癌
做了手术　做过化疗　据说头发

几乎掉没了　我忽然感到
有些心痛……刘影是我的同乡
和我年龄相仿　小时候　在小镇三河湾

她的身段　长发　乳房　和她的脸蛋
几乎就是那座小镇女神的化身　我第一次
看见刘影　还是在小镇三河湾的建材厂

我们用一种铁制的独轮车
推大石头　一九八三年夏天的某一个
下午　她穿着一件蓝色的连衣裙

穿过建材车间这一堆堆白色的大石头
我旁边李宝利　宋海滨的目光像两条
饥饿的毒蛇……死死盯住人家不放

我虽然要比他们略显矜持与含蓄
但自从那个炎热的夏天午后　我就开始
浑身发热　做梦（并偶尔伴有浑身发痒）

我就梦想着自己有一天能成为一个诗人
那样就能天天想象着美丽的刘影
为刘影写诗　为刘影激动……

小酒馆

几个写诗的男男女女
相聚在一座海边的小酒馆
是非常可怕的　齐齐哈尔的水子

吉林的莫小雪　丹东的
黑草莓——整整一个下午
兴城的海滨

像等待一场即将到来的飓风
波涛汹涌　激情万丈
整整一个下午　我一直在抽

驻马店老胡的"红塔山"
而凡修兄的大嗓门子
加上一口土味十足的唐山话

让我们几个人喝得
北京"牛二"
更加悲恸欲绝……

我怕吃到小白

我不知道他们为什么
要去江边烧烤
为什么烤那么多肉串　蔬菜
火腿　还要烤上两只自家养的
兔子　他们烤着这样两只
可怜的兔子　为什么还要坚持
为这两只兔子起了各自的名字
——小灰与小白
而他们在吃着兔肉的时候
为什么一再嬉笑着说自己吃的
是小白的兔肉　而不是小灰的
就在那一瞬间　我已经感到
他们已不再是我的朋友
而是我的敌人　是我前世的
恶魔　刽子手　红腹食人鲳
因为　我憎恨他们　也害怕
他们吃到我的小白……

松花江

我去过它的源头
没看见有什么水鸟
但水流湍急　水花飞溅
它们自上而下　穿过不少
大小不一的石头
我还记得　那天二道白河
下起了雪……我像一截
干枯的树桩　站在它的
水边　我似乎要结束一场
梦境　像结束一场战争
似乎还想找到
一个和我同样干枯的女人
在这水边　与我一起
从容起舞……

浮 尘

一丝微弱的风
都能把你吹起来

甚至一片途经春天的
羽毛　都能划伤你柔软如发的

皮肤　纯净如雪的心
我在人世间与你不期而遇

在来世与你系根红尘
相濡以沫　我们是不是鸟儿

最终都要回归你的巢穴
举重若轻　青丝撩人

向更低的低矮之处倾诉
原罪　与伤痛

其实　我们本身就是一粒飘逸
而又微小的尘埃　最终也还要

回到原初的虚拟　与虚妄之间
继续像尘埃一样纷扬飘舞

拔牙记

它已经活动很久了
已经不该再去伤及一些鱼类
家禽　各类动物的内脏　以及

那些很嫩的蔬菜　水果与皮肤
昨天　我用我自己的手指
拔掉了我的一颗门齿

自然也是很疼　出了很多的血
一块跟随了我五十多年的
骨头　竟然还那么坚硬

但已并不光滑　洁白　就像一个
老女人的乳房丧失殆尽了它的乳汁
它的香气　以及它的神秘感

和那些不为人知的
心酸与伤痛

烫　伤

皮肤与骨肉已经
隔离开来　中间流着黄色的水
伤痛的水……

——刚烧开的一壶水
本来是用来泡面的
不小心被我打翻了　泡了

我的大腿……那种
撕心裂肺的痛　像一只绿色的
毛毛虫

爬上我的眼睫毛
我不敢大呼小叫　父亲已经睡了
我不能吵醒他

因此　我只能
把这疼痛囫囵吞进腹中
像吞下一把白色的药片

那年夏天的江边

其实　我同意时装设计师
杨于东的说法　马永波是我这些年来
遇见的最为纯粹的诗人

还有长春的董辑　他的自画像
和夜晚中的超现实　也是令我肃然起敬
那年夏天在松花江边　我看见马永波

仍然像一个无忧无虑的大男孩
在江边的石头缝里寻找现实中的泥鳅
和他少年时代的梦想

诗人得儿喝从延吉赶到吉林
但他腿脚不好　没能和我们一起到江边
遛弯　这不免让我心伤心痛

下午送得儿喝返回延吉　他说什么
也没让我为他买一张返程车票
那天下午吉林一直下雨　据说延吉也

一直在下
哈尔滨和长春不知道咋样
那两天我也是累了　第二天早晨醒来

我一口气竟然喝了两大碗
母亲新熬的小米粥……

在去马牙沟的乡村公路上

这纯属出人意料
在去马牙沟的乡村公路上
能遇见徐庆家的二丫

我有方向感　感觉大方向没错
但路两旁都是一模一样的绿油油的
玉米地　和闲着没事到处乱飞的

绿蜻蜓　我的白色丰田小威驰停在
二丫旁边的时候　她也没有摘下
那个像手术室医生做手术时戴的

蓝色大口罩
我甚至没有下车　按下电动车窗
问——"姑娘，这条路是去马牙沟的吗？"

她说　你去马牙沟谁家啊
我说我想看看我姥爷　陈贵家的老宅还在吗

这时二丫似乎已经认出了我
——你不是老张家晓民吗
她看我愣了一下　接着说　我是
你姥爷家对门徐庆家的老二
——二丫

鸟　人

1

我要带上一只麻雀

或一群冬天的乌鸦

它们至今都无法破译

我儿子张小楠的

爱情密码　怎样在冬日的

蓝天上放飞一片羽毛

再怎样　在这片飘舞的

羽毛之上　安插一束

鲜艳的玫瑰

2

去年夏天

我忽发奇想　非要带着

我深爱已久的女人

还有她

在读大二的女儿小萌

去我出生的那座小镇
寻找我儿时用来打鸟儿的
那支单管火药枪
那时　我的祖父还活在
人世　他曾多次阻止
我的猎杀行动　至今
我才理解爷爷的良苦用心
是多么的弥足珍贵

3

这不纯属扯淡吗
时隔这么多年　到哪儿去找啊！
我儿时居住的那座老宅
如今已经变成小镇上的
一座广场——每到天黑
跳广场舞的老人　像一群
叽叽喳喳的喜鹊　找寻着
自己年轻时的美丽光环
我问过几个舞动扇子的
女人　她们根本说不出
那支火药枪的踪影

4

我经常在午夜醒来
实在睡不着了　就去酒柜
找一听阿狄勒小麦啤酒
这时　我就想我的童年
就像一枚鸟蛋
我的少年　以及我后来的青春期
就纯属是一个
得儿喝的鸟人

5

每当想起这些陈年往事
我就会陷入一种极度的
困惑与悲哀
我出生在一个傻瓜的
年代　像傻瓜一样虚度了
我的青春年少　梦幻时光
但时至今日　我的肋骨深处
却依然保持有火山喷发时的
激情与热量……我要让我活出

一种鸟儿的模样　我要让我
深爱的女人　活得更像一个女人
活得真实而快乐　像
大雪过后的蓝天
那么咄咄逼人　不容侵犯

6

多少次我在梦中醒来
发现你用一枚枚竹签刺入
我的胸脯　你说你要惩罚我
你说我偷了你放在仓房里的火药
还有你从公家的仓库里偷回来的
一根钢管　你不是我的父亲
但你和我父亲一样喜欢打猎
喜欢在冬天大雪弥漫的山冈上
围堵一只野狍子　你们打回狍子的
那种兴奋与激动　远远超过
你们那个时代的男欢女爱
时至今日　那狍子的肉味
还在我的体内留有余香

7

据说你是山东人
长得人高马大　像一只骆驼
你和我父亲在一座工厂上班
平时　我们都管你叫陶大爷
你和我们美丽的陶婶一起养育了
一群更加美丽　动人的姑娘
我无比喜欢你家老二陶香璐
但我像喜欢香璐一样
更加喜欢那座小镇的冬天与浪漫
喜欢在冬天　和香璐一起
跟在运粮的马车后面　捡拾
一粒粒掉在雪地上的
金黄色的玉米

8

去年的这个春天
在泰国海滨小城芭提雅
我忽然感到浑身发冷

因为　再一次遇见了

凡·高

遇见了他早期的画作《星空》

（虽说是仿制品）这样我

再一次想起了我的童年

想起了阿尔的阳光与麦田

想起了小镇三河湾　陶香璐

理发店老孙头　还有我的

那把总在春天钢管直立的

火药枪……

9

我一生的罪过

就是因为我从小就

喜欢火药

喜欢火药在我的身体里

和洁白的雪地上冒出的

一缕缕蓝色的火焰……

这让我后来的生活

总是危机四伏　火药味十足
就像我不断遇见的女人
浑身上下总是旌旗飘舞
总是充满一股妖气
烈焰频生　芳香四溢

洗温泉的女人

从温泉中
浮出水面的女人

是我前世的女妖
在一个名叫丽达温泉的水边

我们不期而遇　她像一只白天鹅
赤裸着浮出雾气朦胧的水面

——浑身上下的肌肤　像晨曦中
奔跑的羊群　水珠四溅的呢喃

光怪陆离的身影　仿佛一片
野花的香气　转瞬即逝　逃之夭夭

雪还在下

在我看来
这样的雪还要接着下

细细地下　稀稀拉拉
缠缠绵绵地下……像深爱

已久的一对情侣　对黑暗
和一些所谓的众目睽睽

那么不可一世
不管不顾　以至于我不敢相信

在这语词和白雪之间　我是否
还能写出一首真正的诗

梦见发小沙永江

我记得肯定是下半夜
在一座采石场黑暗的悬崖下面
沙永江和我　一人拉着一辆手推车

像一座小山似的原木烧柴
我俩随便装　挑好的装
打更的人　肯定是喝酒喝多了

我和我的发小
——满脸长着黑疙瘩的沙永江
怕你们啥呀！再说了
我和我永江兄本身就是一对"惯犯"

偷邻居家的水果　工厂的废铁
同桌女生的橡皮……再说了
这本身就是一个梦　但愿做梦的人

一时半会儿不会醒
梦醒时分已天明

第五辑

火车与蝴蝶已经连成一片

秋风摇曳中的一片野花

那上面
原来是一所精神病院
现在是一所大学校园的

操场　秋风摇曳中一片野花
毗邻一片很大的草地
一朵朵野花　扭动着蓝色的

腰身　像在跳一场集体舞
我叫不出那些野花的名字
像我再也回忆不起

曾经在这所医院
住院的病人……

玫瑰烙

最后一朵玫瑰
是他在一场绵远的细雨之中
为你采摘的

五月　玫瑰正在含苞
体内的香气和水流　还原封未动
……你感动得想要流泪

接过玫瑰　感觉有一朵跳动的
火焰　窜入你的皮肤　你的骨头
——很多年过去了

那个为你采摘玫瑰的男孩
已不知去向　而那一朵含苞待放的
玫瑰　像被文身一样地

镶嵌在你右手的食指之中
至今芳香四溢　阴魂不散……

我没有找到人间的清泉

你总是和我说　你是
清可见底　独一无二的
是一眼人间的清泉

——小时候　我经常和姐姐
去一个名叫马牙沟的小村庄
那里居住着我的外婆　大舅　二舅

和小姨　在我的记忆中　马牙沟
后山的峭壁下面　似乎有那么一眼清泉
但也不能说是独一无二的

前些天　我去了你居住的那座小城
——呼兰　我满世界去找
几乎见人就问　但我仍然没有找到

这样一眼人间的清泉……

女骗子宋美丽

我们问了很多人
都说不知道莲花派出所在哪儿
在押解女骗子宋美丽的途中

王安道一直在打电话
我一直打听道儿　公司出纳员
莫小北一刻不停地摆弄着她的

破手机。终于在一座废弃的
旧砖窑旁边　女骗子宋美丽跑了
她说她能买到一种紧缺的

工业原料　竟然轻而易举地
骗走了我们公司那么多钱
这下好了　宋美丽要是抓不回来

我们三个　估计谁也脱不了干系
谁也甭想跑出这座废弃的旧砖窑

梦中的玻璃

我梦见他们把我反锁在
一个很大很空旷的白色房间之中
我记得十分清楚　　他们一共是三个人

其中两个男人　　和一个与我毫不相干的
女人——两个男人　　一个是我的
同窗挚友　　另一个是我少年时代的情敌

我真的无法理解　　他们显然是把
我当成了一个疯子　　像我父亲一样
疯了二十几年的男人　　最害怕的就是遇见

玻璃　　尤其是被春天的雨水和蝴蝶的翅膀
擦亮后的玻璃　　还有玻璃之上　　那一道道
有些刺眼的阳光

而一瞬间　　我忽然感觉那天他们把我当成
一个疯子是对的　　因为我几乎是一口气
打碎了房间里所有的玻璃

当我跳出窗外　看见那个与我毫不相干的女人
也像疯子一样地奔跑着　还一边反反复复地
高喊："我已不再爱你"　然后

纵身跳进一片白色的芦苇荡中　让一个
害怕玻璃的男人　再也无法看到
那些玻璃的碎片……

暗　藏

我决定暗藏一颗假牙
在年终岁尾的一场大雪过后
它再一次脱离我的身体

我的伶牙俐齿
不再与我一起咀嚼人世间
那些假冒伪劣的食物　不再陪我

说真话　伤及一些女人的皮肤
羽毛　或嘴唇
——一颗假牙　已经被我

暗藏在一块石头深处
许多年以后　它也许会演变成
一块宁静的化石

向后人展示我们那个年代
人世间的虚伪与真诚……

退　出

如果能够退出　我想尽早地
从市井嘈杂的人群中退到我的出生地
——一个至今已经没有几户人家居住的

小山村　如果儿时的那条小河
还在　小河里仍然还有一些游来游去的
小鱼　我依然还能像小时候一样

那么不管不顾地　潜入有些冰凉的河水中
在一些可能隐藏小鱼的草丛中　树根下
忘乎所以地——深入浅出　摸来摸去

仔细想想　这所谓的忘乎所以
不过也是一场游戏　如果真的能够退出
我想还是从想象中

退到什么也不想　从我的写作中
退到看图识字　从人世间退到母腹　让自己
真正地还原成一滴水　然后融入

可能遇见的尘埃　或可能遇见的水中……

在谢家湾遇见谢小路

说实话　这次去重庆
我怎么也不会想到　在谢家湾

能够遇见谢小路
我们几乎就是　过眼烟云

擦肩而过　根本就没有机会
哪怕说上一句只是问候的话语

谢小路　仍然还是许多年以前的
那个谢小路　不写诗

也没有我想象之中的那种温柔
与浪漫……但它深邃　绵软

也有些迷人　因为　它真的不是
一个女孩　它只是重庆谢家湾的

一条小胡同　一条幽深而又
幽暗的谢小路……

火车与蝴蝶已经连成一片

这多少有些令我伤心
也有些令人心碎……因为
火车与蝴蝶　已经连成一片

分不清是火车在蝴蝶洁白的
裙裾之间飞奔　还是蝴蝶在火车
青蛙脊背一样的绿皮上舞蹈

反正它们风风火火　风尘仆仆地
弄得难舍难分　不可开交
这是二十年前的一个夏天

我在省城长春火车站对面的
春谊宾馆　遇见的一幕场景
比吉林雾凇还难得一见的奇观

让我浑身发胀　发冷
因为那年夏天我在长春火车站
看见火车与蝴蝶已经连成一片……

站在高原上的女人

你站在阿里的高原上
你的背后是一片低矮的乌云
——灰暗的雪山　像一只发情的

猎豹　守候着你有些悲哀的
目光　凄凉的乳房　一袭红裙
仿佛已经不是一缕花香四溢的火焰

而是一条来自天堂的河流
被梦幻的玻璃划破手指　让人间的
欢爱　劫为人质……

都在写

四月的一个早晨
我误入一片桃园

看见这里人头攒动
人鸟混居

一些人在写
还有一些人　也在胡乱涂鸦

他们都在写桃花的
故事　与桃花的艳遇

在一条清清的
溪水旁边　我问一个老者

——桃花在这儿居住吗
他说：我不知道你问的

是哪一朵桃花

改坐火车

快五一了　到哪儿
都买不到打折的机票

于是　我决定改坐火车
从长春到重庆　接近两天

两夜的火车　我能喝到
很多啤酒（间或也喝点儿白的）

看很多一闪即逝的风景
遇见很多不曾遇见过的女孩

做很多从未做过的
春梦……

住在蚂蚁的女人

很陌生　也没说过什么
只是一走而过地在网上聊过几句

她说　她属兔　在蚂蚁卖服装
我觉得奇怪　一个人怎么会住在

一个叫蚂蚁的地方
她说　在这儿住着挺好

白天　我们与蚂蚁为舞
夜晚　我们同蚂蚁共眠

我无言以对——多好的
蚂蚁呀！多好的一个属于

蚂蚁的女人……

我要飞得更高

想一想我就有些激动
我的双臂不知怎么竟然变成了

一双翅膀　有几次我梦见
我从一座小山的山顶向下面的村庄

飞去　我悠然自得地穿过
村庄上面的炊烟　鸟语　和羊群

那时　我听见风的声音远比
一只恶毒的蚊子发出的呼叫更加可怕

昨天晚上　我又一次长出一双
翅膀　不过这一次我似乎在飞跃

一条江河　我一边飞着还一边
唱着　我要飞得更高……

诗歌现场

永波兄又回去看了一眼
看看还有没有我们的人
留在那里　我也随后看了一下

那有些幽深　幽静　还有
那么一点点忧伤的诗歌现场
我的《钢琴少女》和我心爱的《雪》

都已不翼而飞　朗诵会已经结束
朗诵者也像飞鸟一样　飞回各自的
树林　与巢穴

最后只剩下一个伴舞的女人
和一个弹古筝的更老的女人
与我饮酒　吟诗　到月朦胧

在飞往昆明的天空中

在飞往昆明的天空中
我看见白云朵朵像莲花

它们悠然自得地飘浮着
——悠然自得地掠过苍茫的

大地与河流　就像我身旁的
这位长发女孩

她似乎是昨天晚上没睡好觉
不断地打着瞌睡　她的头

依偎在我的肩膀上　我自然不自然地
依偎着飞机的舷窗……我知道

这不可复制的一幕很快就将
烟消云散　尘埃飞逝

在飞往昆明的天空中
我看见白云朵朵像莲花

不知飞往何处

对于一只蚊子
我的一只手掌无疑是

一件庞然大物
星期五的早晨　我看见

一只蚊子　落在我的
大腿之上　我看见它在喝

我的血（不是黑色的）
就憋足了劲　显然是用力过猛

———一巴掌下去
只听啪嚓一声

我的大腿立马横空出世
一道绚烂的彩虹

而这只蚊子却不知
飞往何处……

墙角的羊

我感觉
我不是一只绵羊
有时我感到我是

阿尔卑斯山北坡的野山羊
在一座古老院落有些
灰暗的墙角

我聆听他们大声谈论
人类的爱情　杀戮　瘟疫
前世与现代日渐卑微的

诗歌
他们热情高涨的样子
像每个人的身体里

都在燃烧着一场森林大火
我想身临其境　融入其中
但他们灼热的舌头

实在让我有些苍白的羊毛
难以近身
为此我只有"弯腰食草到天明"

第六辑

另外一匹白马也在吃草

和小红分手的第七天下午

和小红分手的第七天
下午　我在解放西路的一个牙科诊所

拔掉两颗牙　我知道这两颗牙
早就该拔掉　但我一直怕疼怕痛

一直拖到今天　就像和小红的
分手　不知下了多少回决心

美丽的死亡
——致杜尚

我刚刚知道杜尚
就知道他已经死亡

一九六八年十月一日
他和夫人像平时一样

在巴黎郊外的一幢别墅
邀一些朋友共进晚餐

据说席间　他仍然妙语连珠
秀骨含香　第二天早晨

人们发现他静静地躺在自己的
床上　美丽　高贵　安详

仿佛在做着一个梦　一抹微笑
留在他的嘴唇上……

一九九四年的春天

三河湾镇的玫瑰　牡丹从五月初
就陆续地开放了　一缕缕浓密　细致的
香气　在小镇的街道上飘荡……

一九九四年春天　我父亲终于犯病了
他两眼发直　六亲不认
穿过母亲的监护　用他的拳头砸碎

厨房的玻璃　和我们家主传的青瓷
花瓶　站在刚刚种下的马铃薯地的中央
那时　我在离小镇几十公里外的

吉林市上班　当我听说这一切的时候
父亲已被送到城里　已被五花大绑地
绑在了精神病院的床上……

另外一匹白马也在吃草

我看得很清楚
一共三匹　其中一匹是白色的

另外两匹是枣红色
一个春天　在白城开往镇赉的

汽车上　我看见了它们
——三匹马　肯定不是三个女孩儿

三匹马肯定也不是杨犁
撒哈拉沙漠上的三张纸牌

三匹马　两匹枣红色的在低头
吃草　另外一匹白马也在吃草

只是它一边吃草　一边不时抬一下
头颅　望一望远方

春　天

外面的阳光真好
感觉我的身体像一片
羽毛在飘……

写诗是一件令人忧伤的事情

其实　仔细想一想
写诗是一件令人忧伤的事情

站在春天的高压线下
我看见一群白色的鸟儿

正在飞越时间的沟壑
和我头顶心花怒放的天空

国际长途

我没想到小安会从日本
给我打来电话（不是写诗的那个小安）

她没说什么　只是告诉我
这个下午就想给我打一个电话

而我刚喝完酒　也忘了在电话里
都和小安说了什么　只记得那时

我正坐在一辆出租车里　准备
陪一位浙江的客人　做一个足疗

一生当中

我和很多人说过
一生当中　总得有点儿什么爱好
也就是说写诗　画画　拍片

或者哪怕仅仅是收藏一枚童年的
蝴蝶与纽扣——总要经历
一次风险　即使看见牙齿被海风

吹向蓝天　看见鲜红的血
流出自己的身体　即使那一刻很疼
很痛——一定要学会喝酒

而且还要真正地喝醉那么三次两次
——总要说一些真话　当然更重要的
是一定要找到一次真爱

让爱像一条涓涓的溪流穿过
童年的村庄　或像一场洪水漫过
一座城市的堤坝……

即便是像我的一个中学同学
不久前为爱献出了自己的生命
我们也不要说他什么……

拯救一把明亮的匕首

我梦见一把匕首
在一个冬天下着细雪的早晨

我梦见它　像一只发情的野猫
从我家书柜最上面的一层一下子

跳到我的手掌之上
那时　外面的雪还在下着……

我看着这把匕首　它的桃木刀把上面
蒙着一层薄薄的灰尘

而它的刀刃却仍然那么锋利无比
上面　似乎还闪烁着一丝雪的光芒……

我忽然感到　这样一把明亮的匕首
怎么会没有一滴鲜血相伴……

于是　我用它轻轻地划开我的一个手指
这时　我看见一朵鲜艳的玫瑰

飘出一股灼人的芳香……

美　女

有好多次

我听见她们

相互叫着美女

在理发店　商场

台球厅　小吃部

洗浴中心

有时是在大街上

在电话里

最初

我并没在意

这些互叫美女的

女人

后来

我仔细地回味了一番

这些互叫美女的女人

其实长得都很丑

在水一方

凌晨读你的诗
我忽然想到地上的水
怎么才能流到天上

流过那些飘荡的白云
和那些鸟儿飞翔的翅膀
流经我梦幻的沼泽

让我浑身湿透
毛孔张开　床榻与床单
凌乱不堪　让我从此以后

梦想着自己能够成为一个诗人
天天为你写诗
写到白发苍苍

在水一方……

二　奎

人真是太简单了
简单得就像一粒微小的尘埃
从发现到死去　仅仅二十几分钟的

时间　干脆就不容空儿
……脑溢血　让他没再说出一句
人类的嘱托和语词　就悄然地离开了

这个早春花朵还在含苞的
四月　在火葬场我最后看了一眼二奎
模样儿没变　只是脸色有些发青

像青春期的小鱼和小草
和他睡过觉的两个女人也都去了
原配孟鸭蛋搂着二奎的脑袋

一直在哭　但怎么哭也不见
泪花飞溅……老二吴小芹也在一旁
默默抽泣　但也是干打雷不下雨

——两个女人　和二奎睡过

也找机会和别的男人上床

后来都被二奎发现了　因此　二奎结了

两次婚　又离了两次……岁数太小了

才四十六啊！我可怜的二奎兄弟

来吉林混的时候

已经是一贫如洗　如今自己变成

灰儿了……还为这两个女人 一人留下

一套人间的住房

隐约之痛

正如我阿未兄弟所说
春天突然之间就来了　三月
本已软绵绵的雪　形同一个

病入膏肓的老处女　竟然在
一夜之间形影皆无　香消玉殒
融化为一地略显黏稠的

稀里哗啦的雪水
这样的季节　我真的不知道
自己究竟应该在这座城市的哪里落脚

该怎样为自己寻找一处春暖花开的
巢穴与疼痛……看不到一点点绿色
和一些属于春天的芳香与蝶影

但我的内心　还是隐隐约约地
充满一种期盼与躁动　因为
毕竟春天已经来了

那些莺飞草长　激情四射的时光
已经离我们为期不远……

腊月二十三的小雪

说什么
我都要早点儿起来
感觉外面下雪了

腊月二十三的小雪
像我曾经写过的小诗
或一些羽毛的碎片

飘落民间　飘落桃园山庄
四十三号楼的一左一右
这让我有些猝不及防

要过年了　怎么也不能
让这羽毛一样的
小细雪　划破我的前列腺

划伤我的小心肝……

我们不需要离得很近

其实
这样远远地思念着
想着　也是一种幸福

有一次你说
我们不需要离得很近
离得太近　就可能碰见

一些什么　就可能出事儿
就难免要发生一些大事小情
……那天晚上　我们在

出事儿和没有出现的
大事小情之间　像两条
深水中的草鱼

在黑暗的湖水中　卿卿我我
摇头摆尾　那种真实的抚摸
细小的呼唤

在两块明亮的玻璃之间
默默地行进……这时我意外地
发现你的长发

与我的手指极其相似
黑亮　细致　柔顺
风一吹来　雪一飘落

就有可能飘起来
飘飘欲仙……
其实　我们不需要离得很近

有时　一种想象中的进入
或抵达　更有一番别样的
风韵……

小白真的很白

那天

我喝了一晚上酒

外面下了半宿的雪

回到家里

看见我的小白（丰田小威驰）

几乎已经被大雪覆盖

我什么都没想

随手拍了一张照片

发到朋友圈里

我几乎什么都没说

只是在小白的上面

打上几个字

"小白真的很白……"

路 河

一个女人
和我说起一条河

一个与我毫不相干的女人
她说　这是一条

名叫路河的小河
河水清澈　水草丰盈

卵石光滑　细致
仿佛雪兔的脚趾

她说　她一直爱恋这条小河
但从不想与他人恋爱

她说　她只想守着路河
看着河水中的小鱼儿

自由散漫　游来游去
守着自己如雪的皮肤

像路河一样　细水长流
默默无语　慢慢变老……

后来我才知道

后来我才知道
原来只有写诗的人

读诗　其他的人
感觉读诗是一种负担

不像我读到一首好诗
总那么醉眼蒙眬　激情四射

其实　写诗的人
也不咋看　他们买一本

诗歌月刊
一般也就是随便翻翻

像翻阅某一小吃部的
旧菜单……

开窗之夜

即便是冬天　你也喜欢
把窗户半遮半掩地开着　让细雪
裹挟着的小风儿　像一个梦游者

轻轻地吹过你房间里的每一处
角落——从小到大　你就一直坚持
裸睡　让黑暗像时间一样干净

像岩石一样坚硬
让皮肤不断湿滑　在一阵阵雨声
或细雪的呓语之中

散发出玫瑰　或罂粟的香气……
开窗之夜——群蛇飞舞　纠结与纠缠
同时深陷于雾霾之下的七月沼泽

这时　你会情不自禁地抚摸
你身体里的最后一块骨头　让羽毛
点燃羽毛……让童年回到遗失远方的

村庄　让蝴蝶飞进一只
安静的彩釉　让你的开窗之夜
扑朔迷离　不可思议……

想象中的一条死鱼

一个打错电话的人
一个与我素不相识的人

——说什么要送我
一条鱼　一开始我有些发蒙

说什么呢？又不认识你
为什么要送我一条鱼

挂断电话　我忽然感到那肯定
是一条死鱼　否则那条鱼

会自由自在地游过来　让我
像爱抚初恋的情人一样

爱抚一下它的鳞片　鱼尾
和嘴唇　然后我会把它

放回水中　让它继续
与水为舞　与人为敌

散碎银两

当我第一次听你说出
那些儿时的瓦片　童年的玻璃

细小的雪花　在不经意间
化为虚无缥缈洁白无瑕的棉花糖果

我想无论如何　我都要找回
那些生命中不小心散失的

散碎银两……它们曾经被我忽视
也曾被我遗忘　仿佛在一个夏天

遗忘一只蝴蝶　在一个冬天
迷失于一场狩猎　我知道它们不会

在一夜之间让我富有
不会使我日渐窘迫的境遇

重见光明　但我还是要小心翼翼地
拾起它们　像拾起一枚童年的

纽扣　和鸟蛋　我要继续拂去
蒙在它们皮肤上面的伤痛与灰烬

让它们渐渐露出一些金属的
本性　细微的光亮　并及时点燃

这午夜的宁静
和我伤心的手指

第七辑

小镇三河湾

从远处看

从远处看
从一座山坡的上面
看外婆的村庄

这是一个早春的上午
阳光比正在盛开的花朵还要灿烂
我在母亲的陪同下

走了二十多里的山路
回到外婆的村庄
其实　外婆已去世多年

她曾经居住过的
老宅（半间草房）
早已变成我们记忆中的一缕炊烟

如今　这里除了外婆的坟墓
已没有什么亲人
最终　我在母亲的陪同下

在村子里转了转
二十年前的乡里乡亲　仿佛村头的
那条小河早已不知去向……

外婆的村庄

最早应该是我母亲
后来是我姐姐　我小舅　邻居宋雪峰
再后来是我自己　不用别人领着
（那时，我上小学六年级大约十岁的样子）
一个人

翻过两座山　穿过一条小河
再穿过两片　不！应该是五六片很大的
橡树林——夏天
橡树的叶片很密实　漆黑一片的树林深处
偶尔会传来一只叫不出名字的鸟儿

发出的叫声……
我肯定也有些害怕
东张西望　自己在密林
深处的山路上胡乱唱歌（壮胆）　有时还发出
一两声叫喊

快到外婆家的时候
我就拼命地呼唤大黄的名字
大黄是外婆家的狗　它听见我的呼唤
就会不顾一切地
飞跑着把我接进外婆家……

俱乐部

那时　在小镇三河湾
谁要是认识俱乐部放映员沙小个子
把门的田老六　曹振和

或是他家八竿子打不着的
一个亲属　你也许就会省下两角五分钱
白看一场黑白电影《地道战》

或《小兵张嘎》
——人民公社唯一的一座二层小楼
在公社革委会大院对面

巍峨耸立的样子
简直比巴黎圣母院还要庄严
神圣……我那时也小　根本不认识

什么放映员沙小个子
也不熟悉把门的曹振和、田老六
但每次俱乐部放电影

我就和我家后院的二孩　大利子
还有我同桌刘云达　从俱乐部后面的
一个破窗户　搭上人梯

偷偷地往里爬……

老牌汽车

我父亲一直胃不好
一九七六年春天　我父亲常常
一边捂着胃　一边开着一辆老牌的

解放汽车
从一座矿山往他和母亲上班的
建材厂　拉石头

我记得那些石头很白
有的几乎比雪还白
比天空的白云　比我们班同学

葛小玲的乳房还白
——我那时基本上
已不怎么上学　天天和我父亲

去几十里外的矿山拉石头
有时　我坐在父亲的身边
有时　我坐在那些洁白的石头上面

汽车在凹凸不平的乡村公路上
缓缓行驶　我坐在那些洁白如雪的
石头上面

那一颠一簸的感觉
让我感到特别舒服……

小镇三河湾

一些小人物　诸如许三
包福君　高德满　沙永利

他们在丁字街的拐角
或顶头　摆着肉床　干鲜

水果摊。小包的福君饭店做的
水熘豆腐　多少年了仍然让我

记忆犹新　洁白　鲜嫩
像他家双胞胎女儿的小脸蛋

谁见了　都想抱一抱
咬一口　亲一下……

粮　店

我说的粮店　现在已经
变成了粮库　二十世纪的

六七十年代　我经常在放学之后
拿着一本油渍斑斑的红色粮证

和两块钱人民币　帮母亲
从小镇上的粮店　买回半斤豆油

或十斤玉米面
卖粮的老赵头平时喜欢打鱼　他一脸

白色的连鬓胡子　像他后来着急
要见的德国人卡尔·马克思

开票的小侯和王丽　是当时小镇上
最美的女人　她们现在仍然住在

我家后院　一年四季同我年迈的母亲
早早起来　散步　遛弯……

仙马泉墓地

伯父知道我会写诗
还知道二十几岁时我给这座小城的
一本杂志投过稿

每次见到伯父　他都会提及此事
并引以为荣……
但他不会忘记　他曾经是一名战士

在朝鲜战场参加过两次著名的战役
打死过美国的士兵　缴获许多他不曾见过的
战利品　钢笔　手表　香烟　铁皮罐头

如今　这些他都已带不走了
他选择了祖国六十岁生日的那天早晨
离开了我们　多少年以后

也许时间会更早一些
也说不准　我也许会选择这座公墓陪伴他
——伯父　这是一座向阳的山坡

周围有好多的松树　杨树
和常年居住在这里的一群群喜鹊
没有水　但却有着一个与水有关的

美丽的名字——仙马泉墓地
我已经以此题写了一首诗
到时候　我要一遍一遍地朗诵给你

和那些盘旋在我们头顶上的鸟儿……

群　岭

阿未开车匆匆经过
这里的时候　我忽然想起一个人

这个人现居北京
写字　写诗　偶尔也找一些人

拍戏　他老婆川妮
也是一名作家　从部队转业后

生过一个孩子
之后　就在家里专职写作

据说　这个人在北京混得
不错　有房　有车　身边还经常

有一些花花绿绿的小鱼　小鸟儿
飞过……我忽然想起他

是因为这个名叫群岭的地方
似乎是他的出生地

松江中路

其实　这首诗

能写很长

后来我一想

也别扯那么远了

松江中路

就是松江中路

除了松江中路

还有松江东路

松江西路

松江北路

不光我会写诗

早晨起来

妻就对我说

又下雪了

细细的雪　下得很厚

她接着说

这雪真好　白得像银子

把那些脏的东西

都盖上了

我听她说完这句话

心里先是一动

然后　默默地想

我会写诗

妻子的感觉

也很不错

想起同学王月平

谁知道　半夜醒来

怎么就会想起同学王月平

小平是我小时候的邻居

在一座小镇

我们一起长大

现在

我们同居一座城市

她做医生

我写诗（也干点儿别的）

有一次回家过年

（我们的父母还在那座小镇）

我们坐同一趟汽车

并告诉她儿子

这是你张叔

我不会陪你去逛
延安街的早市儿

我确认了半天
最后才确定下来

是母亲在梦中
喊我　她像是喊了

我两声
也好像是三声

但我都没有应答
我想你都死了

这么多年了
你再怎么喊我

我也不会陪你
去逛延安街的早市

墙 皮

一直在我的头上悬着
像一片明亮的刀片

迟迟不肯掉下来　不能让我
与这个春天　一同割腕而去

不能让我与那片梦中的玫瑰
一刀两断　血染床单……

这么早

这么早就爬起来
然后　像青蛙一样
趴在床上　看那些写诗的人

大多与我一样　在不同的时间
爬出各自的身体　以及灵魂深处的
痛痒地带

四月　他们纷纷为自己
设定死亡的时间　爱情的公式
更有勇敢者　因为丢掉一只蝴蝶

愤然挥刀　剁掉自己的
一根手指　而我不会因此流露出
一丝的无奈　一丝的伤痛

我会继续阅读　我无比热爱的
诗歌　即将干瘪的乳房
和一直不断下着的小细雪

我就是你要说的那只鸟儿

我就是你说的
——那只鸟儿
一场大雪过后　阳光如

火焰一样刺人眼目　我像
上帝的信史　悄然落在你的窗前
这时你似乎还没有起床

我用一片羽毛　或我的
一片嘴唇　一下一下地
啄食你的玻璃　和你梦中不断

出现的小小的麦粒
小小的城堡　小小的伤痛
我试图让你发现我的存在

和这突如其来的一切
之后像一只真正的鸟儿
不翼而飞……

像蝴蝶在飞

后来　才看清
原来是一片不知怎么挂在
一辆汽车上的绸片
呼呼啦啦　飘飘荡荡

像一只蝴蝶
在飞

开车的人浑然不知
我也开着我的白色丰田小威驰
一小块红色的绸子

在我们中间像一小片想象
在飞

《鸟人》一诗点评

得儿喝点评：

我更愿意把鸟人分开解读：鸟，人。其实也不是解读，而是解毒。放出现代生活里的毒素，轻飘飘飞舞在以往的珍贵光阴。让我屡屡惊讶的是晓民诗歌里的氛围，他像一个伤感的盲人，无视当世繁华，只在抚摸那些京剧道具般的金灿灿的翎羽。今世对晓民的期待，是无望的。

董辑点评：

这是一首很奇特的诗歌自传，携带有丰富的张晓民诗歌基因，比如：爽利的语感，硬朗中又含有柔情；自由挥洒、不乏音乐性而且兼容了地域特点的诗歌语言；基于个人生活经验但又有所升华的内容和题材。题目"鸟人"，是一个饱含隐喻性甚至后现代游戏性的意象，是张晓民所写出的一个创造性意象，有了这个意象，张晓民终于不用再和一直飘荡在他语言世界中的雪花纠缠不清了。鸟（niǎo）人，是张晓民的自喻，隐喻着飞升、与众不同、不同凡俗之意；但是，在东北方言系统中，"鸟"，有一个发音叫"diǎo"，男性生殖器之意；"鸟（diǎo）人"，可以理解为牛人，也可以理解为不着调之人、混蛋之人，更有一个深层的含义就是"大阴人"，所以，张晓民的这个意象具有丰富的多义性，内含"自矜""自许""自嘲""自傲"和"自坏"等许多层意思，耐人寻味。诗歌使用了大量的自传性素材，并且借用了怀旧这一容易引发出诗意的情绪，借此塑造"鸟人"这一形象，其间杂糅和使用了怀旧、叙事、爱情和情爱等时间碎片和情绪碎片。对我来说，我除了喜欢"鸟人""火药""火药枪"等隐喻，以及"得儿喝""扯淡"等方言的使用，更注意的是"在这片飘舞的羽毛之上 /安插一束/鲜艳的玫瑰""跳广场舞的老人 像一群/叽叽喳喳的喜鹊 找寻着/自己年轻时的美丽光环""活得更像一个女人/活得真实而快乐/ 像一场/大雪过后的蓝天"等诗句；还有就是，假如全诗能更逻辑一些，结尾再次扣到"鸟人"这一形象上，诗歌的语境可能会更为澄澈和透明。

宋曙春点评：

《鸟人》，是晓民近期一篇力作，把人类追求情爱乃至性，写到了骨髓里。鸟人，在诗中有双重寓意。第一重寓意，当然是诗人像一只长出透明翅膀的鸟，在诗的天空自由自在地飞翔。它一方面再次诠释着晓民几乎全部诗作都离不开爱情的执拗，另一方面也是再次揭示晓民诗作中不羁的洒脱。第二重寓意，是诗人自嘲为男人性器官一样猥琐的"鸟人"，近乎疯狂地追求异性。这是晓民诗作中一贯坦率揶揄的风格，也暴露他心中向往纵欲的一时间的人性变异。

诗人自己和作品都借着透明的翅膀，带起一群意象在读者的想象里飞翔。这些意象里包括麻雀、乌鸦、鸟蛋、羽毛（这是诗人最喜欢也写得最多的）、火药枪，而最多的还是女人……这些意象，自然让读者跟着他在纠缠女人磨叨爱与性之中，体味到诗人内心单恋苦恋生死恋的自残之后的涅槃。这让人想起神话传说中用蜡质的翅膀飞向太阳，最终坠落的那个人，又类似于中国的愚公移山或精卫填海。也由此更加感觉到：诗，的确须有透明的翅膀，让人看清

另外一匹白马也在吃草

178

继而看懂。 晓民就有这样一副透明的翅膀，甚至透明的翅膀下边，也是透明的，叫你一眼看透他五脏六腑里那一挂杂碎。 他如同精卫填海一样，在追索爱与性的疆途上固执往复，代表着失败的骄傲！也是理想主义的不惜陨落的不懈精神！这似乎更符合中国文化"允持厥中"的精神内核。

何金点评：

鸟人之题，除了它顽劣的自讽或反讽之意，我更愿意将它看作那个年代被压抑的一代青少年心理和生理的飞翔状态的意象表达。诗提供了作为精神的探求价值和年代性的生命迹象与生活标本。它与苏童早期小说《城北地带》在共同陈述一个民族青春期历史多动症方面，有着相同和不同的经验交流。诗人的单管火药枪击中的是野狍子，也许击中的是包括诗人在内的一代具备傻狍子生理原本特征的中国特殊年份顽劣青少年集体性的冲动与低智的七寸之处。他们的可爱是他们对女孩子追逐的羞涩与圣洁之心，葛万玲、陶香璐等散发着芳香气味的雌性野狍子们构成了他们初始性爱世界中的美丽天空。

韩兴贵点评：

《鸟人》像一部场景剧。这无疑是一首有趣的好诗，诗人通过对一段生命的客观再现，揭示出生存本质的现实意义或对自我精神救赎的全部过程。其间的人物和事物凸现出淡淡的戏谑色彩，不乏调侃和忍耐。就像我们生活在今天的这种现状中一样，被一再削弱的生存意义——这不纯属扯淡吗？那么，究竟我们有没有理由值得继续扯下去，这的确是摆在每个人面前的一个问题。

《鸟人》一诗点评

于小芙点评：

读《鸟人》，第一感觉是轻灵，如同燕雀掠过湖面，如同小风轻拂风铃。有人评价说，张晓民的每首诗里都藏着一个女人！读《鸟人》，让我惊讶，这里面藏着若干个女人！不仅如此，这里还隐藏着他少年时代的情感萌动、雄性意识的终极关怀。可以这样说吧，这是他最富男性性别特色的一首诗啦！可谓步步惊心！第一节，儿子的爱情，流露他的怅然若失，应是引言。第二节，爷爷的出现，使整首诗步入怀旧。爷爷像个预言家，似乎早就看穿了诗人的"鸟人"潜质，也道破了人与鸟的一致性，如接下来对广场舞人群的比喻。也是从第二节起，拉开了一部悬疑剧的序幕，开始了寻枪历程。最后一节收官巧妙，仿佛告诉人们，不用找了，人枪合一，达到一种哲学意义上的回归。许多方言的使用自然、犀利，透出一股匪气。读诗，亦如读人。到此，诗人的形象逐渐明朗，"鸟人"有"匪气"，难道是"坐山雕"吗！？但凡·高《星空》、村庄、邻家女孩的叠加，又让一种后现代浪漫情怀抑制不住地跃动。跟随诗评读诗，结果有两种，一种是走得进，出得来；一种是，误入歧途！

元正点评：

晓民组诗《鸟人》的第一节，借喻现代年轻人对于爱情观的不确定性，引出了通篇的作者本人或者说是一代人青春期里懵懂的爱情。透过寻找一支早年遗失的单管火药枪的叙述，中间穿插着两段青少年时期朦胧的情感，也借此抒发了那个特殊年代和非常时期的一些普遍的社会现象。作者通过这一诗歌反观自己的曲折人生，就是在今天的现实生活中也要活得有志气，有"火药"的烈性。即使一生中有很多的跌宕起伏，都不会在困难面前屈服。

佳然点评：

初看标题，并未入眼，以为是故弄玄虚的标题党。再瞄几眼，未觉奇异，不过借题发挥的俗段子。及至细读、慢品，再读、复品，竟然不忍卒读。在看似轻松调侃、幽默揶揄的背后，分明隐藏着作者既挥之不去又不想忘却的痛楚。而这种纠结，又不知不觉地传染给读者——年龄相仿、有类似生活经历的人，如我，与诗句进进出出、悲悲戚戚，恰说出我想说不能说不敢说的秘密与隐私。每当回首孩提时掏鸟窝、摔鸟蛋的日子，却没想到日后，上天让良知不泯的半百之人不断地自责，实际上就是十足的现世报，是最大的惩罚。而当我们兴高采烈地步入人生的大森林，以为可以自由飞翔，却早已被一支支火药枪瞄上，九死一生，在劫难逃。生活莫过如此，狩猎和被追杀，进食和被定义为食物。只是我们被迷雾所障，只顾眼前，鼠目寸光，也可能是甘于宿命，鸟为食亡。林子大了，什么鸟都有。但愿鸟儿不再自相残杀。鸟语花香，一直当它是个褒义词，用于赞美。读了晓民的《鸟人》，似顿开茅塞：鸟语花香，其实是个魔咒，是鸟在人之上所感知的世界，告诫人类应当怀仁向善，彼此相爱，共建和美家园。而可悲的人类听不懂鸟语，只是武断地将好恶之名强加给喜鹊与乌鸦，在低处搜寻，盲目乐观，临危不畏，还美其名曰：与我何干，关你鸟事？

张雪松点评：

麻雀、乌鸦、喜鹊，这些鸟都是一些现实之鸟，也是一些虚构之鸟。祖父、父亲和陶大爷、我和儿子张小楠，几乎四世同堂，这些男人都是一些现实之男人，也是一些虚构之男人。葛万玲、陶香璐、美丽的陶婶、我深爱已久的女人及其女儿小萌，这些女人都是一些现实之女人，也是一些虚构之女人。每个男人其实都有一支单管火药枪，在青春与生活同时沦陷的记忆中，他们用来打鸟、打狍子，也打女人。当我们从晓民《鸟人》这首诗中梳理清楚这些关系，就会得到这样一种认知：虚构之鸟是形而上的，虚构之男人永远是现实之男人的精神之父，他们的身上携带着不可言说的基因和原罪；虚构之女人比现实之女人更幻美，也比鸟和狍子更像猎物，但如果不被男人的单管火药枪击中，她们的存在就毫无意义。

《鸟人》这首诗具备一部长篇小说的容量。因此我更欣赏这样的细节："喜欢火药在我的身体里／和洁白的雪地上　冒出的／一缕缕蓝色的火焰"。压抑有时是一种向内的喷射，就像拥抱有时是一种向外的反抗。但不管男人有没有开枪，男人的身心都已经深深地受伤。这正是鸟人的诗意气质。"我要让我活出／一种鸟儿的模样　我要让我／深爱的女人　活得更像一个女人"，这正是鸟人的终极理想。"那把总在春天钢管直立的火药枪"，充满了激情，充满了力量，充满了形象，也充满了诱惑，更让我们充满了想象不尽的回味和期待。

胡卫民点评：

一首诗的切入很重要。张晓民《鸟人》的切入很有意思，他从"带上一只麻雀／或一群冬天的乌鸦"开场，仿佛他已置身鸟群。而儿子张小楠，在蓝天上放飞的一片羽毛上安插了一束鲜艳的玫瑰。这样的色彩，冲击眼球。相比之下，儿子这一代的爱情更浪漫，而他不行，他那时候是傻傻的，包括那个年代的其他人。诗中，除了儿子，还出现了他深爱已久的女人及其女儿小萌、跳广场舞的女人、同桌葛万玲、陶大爷及其二女儿陶香璐、理发店的老孙头。但这些人物的出现，都是在"配合"他更有意味的叙述，与他的"火药枪"有关。火药枪作为线索和意象贯穿诗里，成为整首诗的一个"事件"。而火药枪有时是火药枪，有时又不是火药枪，这时便成为他要表达和诉说的隐喻。一个多情、不安、充满向往的人，在现实面前不得不按捺住自己，他情感的火药（包括身体里的），只能通过文字喷射出来。

徐颀点评：

读《鸟人》这首诗的时候，我眼前出现的画面是一个摇滚乐现场：歌手几近癫狂地摇着长头发，你会担心他的吉他弦突然断掉，或者扩音器随时爆炸。这个歌手就是张晓民。晓民长我几岁，他长大的环境我能理解，我也经历过。我们都在不知道摇滚为何物的岁月无意中开始了摇滚，我们不用音乐，用行动，用能找到的任何廉价的东西——一个破军帽塞进去一块不合时宜的纱巾，随时会被学校教导处剪掉的兜腔喇叭裤，为一个看向某女生的眼神大打出手。我们所谓的爱如此肤浅，更在意"像一场／大雪过后的蓝天／那么咄咄逼人　不容侵犯"。那时候我们能找到的书不多，没人意识到活着还需要思考。我们任由荷尔蒙鼓胀周身，然后无厘头地毁坏和拒绝。

我们当时不知道这世上还有悬浮在性爱之上的叫作爱情的东西，只是隐约觉得有些事值得用生命去冒险，却没有人，也没有书给我们启蒙。普罗文学把我们填鸭之后，我们很饱了，但还是渴，我们走向了意识形态的边缘，用叛逆的眼神回视所有高处的人。太晚了！当我们学会了思考，学会了爱，那些"一粒粒掉在雪地上的／金黄色的玉米"真的能捡回来吗？"那支火药枪的踪影"真的能变现成豪气冲天吗？"鸟人"这个意象，可以有三层解读。第一层是出自鲁智深之口，泛指社会渣滓；第二层是一个生殖器男孩，除了荷尔蒙就不知道世界为何物；第三层意思，我理解为是活在精神之中，一种带有翅膀的族类。一个意象可以写出三层意义，诗歌的张力和外延自然就出来了。

李德彦点评：

这是一首有年代感的诗作。诗人按照时间的脉络，采集多种意象密码，通过碎片化叙事的方式，再现了一段生命的真实和觉醒。

鸟人，应该是一个总体的意象。但鸟和人，还是从意象到象征的叠加和重组。鸟象征着生命力，象征着人类心灵的光芒，包含着敬仰和崇拜的归宿，还联系着创造，联系着神性，联系着人类心灵的归属。鸟的出现，表现了个体与自性之间的联系，特别是对归属于自性的恐惧。

同时，鸟的神话中也暗示了这一历程中心灵的转化和超越，在中国的道教文化中，鸟联系着灵魂的飞升和对光明与太阳的追求。鸟飞离巢穴正是这一历程的典型象征，其中包含了个体自我的独立发展和找寻自信的历程。鸟还有性的含义，代表旺盛的生殖力。哥伦比亚的图加诺印第安人，在意大利语、德语等中，都把男性与鸟联系在一起。西安半坡仰韶文化出土了许多鸟形的器物，都和男性崇拜有密切关系。

《鸟人》诗蕴含了朦胧的直率，在这样一个没有主体就没有客体的移位表达过程中，诗人发出了强烈的怀旧情绪和自我多维生命意识的觉醒。儿子张小楠的爱情密码和"一片羽毛""一束鲜艳的玫瑰"，凸显了新生代爱的张力。张晓民好像有意创造了一个悬念，你要欣赏，就不能不"猜"，你得耐着性子去破译它。

接下来，在诗人岁月的底色里，在他灵魂的小镇，爷爷、父亲、陶大爷、葛万玲、陶香璐、我深爱的女人和她女儿小萌。梳理这些人物之间的关系，首先是寻找"那支单管火药枪"和爷爷对他用"枪"教育的弥足珍贵。在这里，"枪"的意象就有了巨大的引力，而广场舞大妈，是诗人的同龄人还是他青涩的怀想，是他心灵的伤还是痛？如果都不是，剩下的就是就另一支"枪"的激情与困惑了。

"我的肋骨深处／却依然保持有火山喷发时的／激情与热量……我要让我活出／一种鸟儿的模样　我要让我／深爱的女人　活得更像一个女人／……像一场／大雪过后的蓝天／那么咄咄逼人　不容侵犯"。岁月流逝，诗人打破传统思维的定式，放弃首尾贯通的线性结构和直接叙述，意象的叠加创造和处理，灵性的成熟和自嘲式的语言风格，把思维的触角伸向古老的命题，随之而来的是人性复归的宣言："喜欢火药在我的身体里／和洁白的雪地上冒出的／一缕缕蓝色的火焰……""浑身上下总是旌旗飘舞／总是充满一股妖气……"从《鸟人》诗鲜活的追求中，我看到了诗人的决心和韧性。创作主体意识的加强，使现实通过物象让意识流动。诗感特好。

不足之处有以下几点供参考：一是我深爱的女人和上大二的女儿与寻枪是否有关联，它们之间的逻辑关系还不是很清楚。二是意象本身是一个自满自足的自我完成的主体，他总是寻求主客观因素在一个意象里的完全溶解，"我要让我／深爱的女人　活得更像一个女人／活得真实而快乐"，就是以描形代替诗的意象熔铸，等等，使整首诗略有缺憾。

鸟人的鸟语
——诗歌《鸟人》创作始末
张晓民

　　10年前，我曾写过一首《鸟人》。这首诗写的是吉林市区松花江里的一座小岛，那小岛叫长白岛，岛上住着一个养鸟、护鸟人任建国。写那首诗的时候我还对他有过一次简短的采访，1996年老任撇家舍业、只身一人来到长白岛，自己搭了一个小窝棚，每天与鸟儿相伴，风雨无阻，看护着每年来这里繁殖、过冬的各种各样的鸟儿。写完以后我不知道该给这首诗起一个什么样的题目更为合适。稀里糊涂地就用了《鸟人》。

　　"我喜欢夏天从江的北岸 /看那座小岛上的树丛 /树丛下面的巢穴 。江水中/那些自由自在的鸟儿/它们偶尔飞起来，飞过一座桥/和江对岸/那些高楼背面阴暗的窗口/……"

　　这首诗后来收录在我的诗集《羽毛或雪》当中。但每一次读这首诗，我都有一种说不出什么感觉的不舒服、不得劲，总感觉叫老任"鸟人"似乎不妥，也不合情理。直到2016年春天，吉林市作协主席邱苏滨催我要2017年的出版计划，原本我是没有出版计划的，但那天我正在开车，主席催我说省委宣传部着急要作品集名单，情急之下，我把车停在了吉林市万达江畔人家附近的马路上，随手把《鸟人》二字用短信发给了邱主席，这样我就把自己的第二部诗集命名为《鸟人》了。

　　此鸟人非彼鸟人……直到这一刻我才恍然顿悟，此鸟人不就是我嘛!

这以后，我就不断地构思着写这首名叫《鸟人》的诗，我几次三番回到我出生的那座小镇三河湾。我在寻找着我童年的影子，以及少年时代玩过的单管火药枪……我反思着那个时代的愚昧与荒唐、无知与无奈，追忆着给我留下无限美好记忆的女孩陶香璐、葛万玲，还有几次救过我性命的邻居陶大爷、一给我理发我就直哭的理发店老孙头。

　　"我一生的罪过 /就是因为我从小就/喜欢火药 /喜欢火药在我的身体里/和洁白的雪地上冒出的/一缕缕蓝色的火焰……"这就是我，一个属于我的真实的自己，一个属于那个时代的得儿喝的《鸟人》……

后 记

从我出生到懂事，直至我略微能够辨明一点儿人间的烟火，我就崇尚并无比尊敬这样一个语词：自由。

当我的手指和我的羽毛轻轻触摸它伤痕累累的皮肤，我似乎能感觉到一丝隐隐约约的疼痛与慌乱……我小的时候，和我家邻居——一个与我同龄的男孩因为一穗烧苞米而反目成仇。那天，我用一根铁丝做的烧苞米的钳子在他的脖子上烫了一道很深的伤痕。这略带一丝紫色的伤痕，在我日后的生命中构成了一道蓝色的屏蔽。"从我诞生的那天起，我就开始想象死亡，想象死亡背后的玫瑰、阳光和水。"

少年时代，我的梦想是做一名画家。我梦想着有一天能拥有一间凌乱不堪的画室，我的一只手拿着五颜六色的调色板，另一只手挥动着画笔，在一块洁白的画布上，涂抹着梦幻中的大海、草原、阳光，或是一个钢琴少女隐隐约约的背影……少年时代的我，长发披肩、面容疲惫，满眼充满苦难与沧桑。

那时，我无比热爱凡·高、塞尚与德加。我想成为一个真正的自由的膜拜者，抑或是爱情的殉道者。但后来的一切让我不得不放下手中的画笔：在一次选择当兵入伍的体检中，被检测出双眼不是很严重的色盲（色弱），也就是说在这五颜六色的世界中，我很容易会迷失方向，迷途难返，无法捕捉到大千世界中的蝴蝶。在这种情况下，我不得不放弃我的画家之梦。

我带着青葱、虚妄、顽劣进入现代汉语诗歌写作的迷雪之途，进入汉语语词前所未有的放浪形骸之腹地……我开始笨手笨脚地阅读李白、杜牧、白居易，无比虔诚地吟咏泰戈尔、济慈、普希金、莱蒙托夫……之后，我又开始疯狂地喜欢智利人巴勃罗·聂鲁达、美国人惠特曼、法国人让雅克·卢梭，直到最后的法国人杜尚——这个颠覆了整个西方现代艺术的法国人，颠覆了我的整个人生、我的价值观，以及我对这个世界的终极关怀。"真正的自由是不可赋形而不附着任何名称的。一种精神或态度，无须大张旗鼓地作为一种主义或者运动，因为，那样会不可避免地落入俗套，乃至成为束缚。"（王瑞芸《通过杜尚》）杜尚对自由的阐释令我折服，令我惊恐万状。"从本质上我对改变有一种狂热。我常常自己和自己作对，为的是不让自己安逸在现成的趣味中。"（杜尚语）

我喜欢宁静，有时也喜欢嘈杂；我乐于创造，同时，也更乐于破坏……在这种情形之下，我写出了《松江中路》《梦见小红的私人幽会》《春天的热电厂》《想起同学王月平》，以及后来的《鸟群》与《鸟人》……这样，我继《羽毛或雪》之后的第二部诗集《另外一匹白马也在吃草》也就呼之欲出了。在这里，我要感谢浙江工商大学出版社，感谢我最初的文字编辑、挚友诗人胡卫民，感谢我无比敬佩的诗人、学者、诗学理论家、评论家、翻译家马永波先生。是他们让我的《另外一匹白马也在吃草》有机会飞落民间，飞到白云之上，飞到人类生命细小的尘埃之中。

张晓民

2018年5月